# LETTRE
A
# UN SEIGNEUR
ETRANGER,

*Sur les Ouvrages Périodiques de France.*

Par M. l'Abbé D. C. D'H***

M.DCC.LVII.

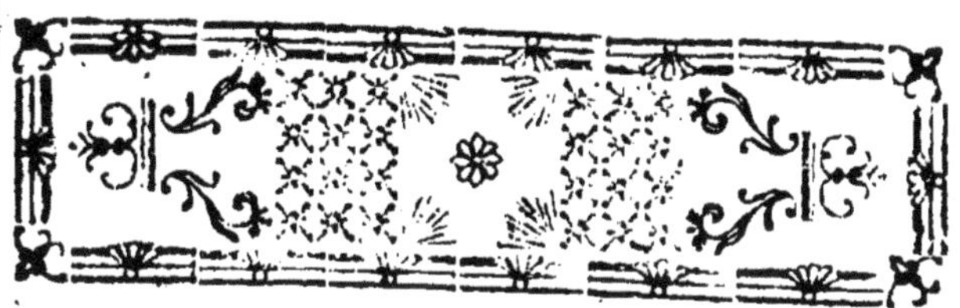

# LETTRE

## A

## UN SEIGNEUR ETRANGER

### *Sur les Ouvrages périodiques de France.*

QU'UN Citoyen aime sa Patrie, & désire l'accroissement de sa gloire, c'est, Monsieur, un sentiment que la nature a gravé dans tous les cœurs; l'éducation le fortifie, & la Religion le consacre. L'orgueil nationnal, espece d'anthousiasme dont on ne se défie pas assez, voit presque toujours dans le Pays qui nous donna le jour des lumieres qu'il ne trouve point ailleurs: & c'est d'après cette fausse idée qu'on attribue à la Nation dont on est membre, la supériorité du génie ſur tous les autres peuples. Mais un coup d'œil attentif ſur les avantages qui nous manquent, & ſur les richeſſes que poſſedent nos voiſins, ſuffiroit pour nous en guérir.

S'il étoit queſtion d'aſſigner aux Nations penſantes, le rang que chacune d'elles occupe dans le monde Littéraire, à qui devroit-on confier cette opération délicate? On répondra ſans doute, que ce devroit être à un Philoſophe ſans intérêt, qui ſeroit affranchi de tout préjugé; qui ne connoîtroit ni l'eſpérance, ni la crainte; qui n'ayant point fait de Livres, ne ſeroit ni l'ami, ni l'inférieur de ceux qui en font; à un Coſmopolite enfin, qui après avoir étudié l'état des Arts & de la raiſon dans toutes les contrées de la terre, ne vivroit plus que pour lui-même, & n'auroit de reſpect que pour les loix & la vérité : mais où trouver un tel homme ?

Lorſqu'on voulut ſçavoir quel étoit le plus ſage des Grecs, on conſulta l'Oracle de Delphes. Etoit-il néceſſaire d'interroger les Dieux ! Le plus ſage étoit ſans doute le meilleur Citoyen. Sa patrie n'étoit pas digne de lui s'il falloit autre chose que sa vertu pour le faire connoître, & le Ciel devoit rester muet pour le venger.

Mais pour adjuger le prix du sçavoir & des talens à la nation la plus éclairée dans la concurrence de tous les peuples, je n'irois pas chercher un juge sous le manteau de la Philosophie, ni sur le trepied d'Apollon. Celui que je prendrois pour arbitre, seroit un Seigneur plus distingué par l'étendue, l'exactitude & la variété de ses connoissances, que par l'éclat d'un rang qui l'égale aux Maîtres du monde ; l'ami des sçavans dont il pourroit être le premier ; né pour commander aux hommes, pour les rendre meilleurs & plus heureux : qui ne s'est pas borné à des études sédentaires ; mais qui pour être en état de péser les nations lettrées, est allé vivre chez elles & voir de près leurs Arts & leurs mœurs : voilà celui que je consulterois. Et s'il me disoit que la Capitale de l'empire François est aujourd'hui le centre du génie, comme elle est celui de la politesse & des plaisirs, je ne balancerois pas à penser comme lui, tout François que je ſuis, ſans craindre les illuſions de l'eſprit nationnal.

Mais pourquoi recourir aux ſuppoſitions ! Vous parlez, Monſieur, comme celui que je viens de peindre, & que vous ne me pardonneriez pas d'avoir nommé. Selon vous Paris eſt dans la République des Lettres, ce que le Soleil eſt dans le ſyſtême aſtronomique, un centre commun, autour duquel tous les peuples entraînés par un mouvement néceſſaire, ſe rangent & circulent, recevant d'autant plus de lumiere & de chaleur, que le cercle qu'ils décrivent les approche davantage de cet aſtre brillant. Vous croyez même que nos relations périodiques ſuffiſent pour connoître l'état de la littérature univerſelle; qui doit croître ou baiſſer ailleurs, dites-vous, à proportion que la ſphère des ſciences s'étend ou ſe reſſerre chez nous; & ſur cela vous m'ordonnez d'en faire l'hiſtoire, d'en tracer le plan, d'en fixer l'objet, d'en expoſer la méthode, en un mot, de vous donner une idée complette de ce qui vous eſt mieux connu qu'à moi. J'obéïs. A quoi n'engage pas le respect & la reconnoissance !

Mais avant de commencer, quoique je sois ignoré dans la foule où le Destin m'a placé, où la raison me retient, d'où l'ambition ne me fera jamais sortir, je me crois suffisamment autorisé de ma nation par le titre de Citoyen, titre qui fait la gloire de ceux qui le méritent, titre qui peut seul illustrer tous les autres, pour me charger de sa reconnoissance; mais que vous dirai-je au nom de ma patrie; on ne sçait comment s'y prendre avec un Grand qui n'aime pas les louanges. Vous dirai-je par exemple, que nos Ministres ont admiré vos talens pour la conduite des affaires; que nos Sçavans ont été surpris de trouver en vous tant d'érudition avec tant d'éloquence; le raisonnement nerveux de l'Anglois, le feu pétillant de l'Italien, la maturité refléchie de l'Espagnol, & l'application laborieuse de l'Allemand; comme si vous aviez dépouillé tous les climats que vous avez parcourus: enfin, que les beaux esprits & les femmes *du bon ton*, especes à peu près semblables, n'ont cessé de répeter *que vous êtes divin, & qu'on devin furieux à votre départ*, vous appelleriez flatterie la moitié de cet éloge, & l'autre avec raison vous paroîtroit insipide.

Je mettrai donc à part l'homme d'Etat, le négociateur profond, le génie qui gouverne, pour n'envisager que l'homme de lettres, le Philosophe qui pense, l'ami des Arts & de l'humanité. Vous me l'avez permis, & je vous avouerai naturellement que sans cela, il m'auroit été difficile d'entretenir la correspondance que vous avez bien voulu établir entre vous & moi. Car nous autres courtisans des Muses, nous aimons l'égalité, & nous avons adopté d'un concert unanime, le reglement principal de cette fameuse République de Platon, que vous regardez comme un beau songe, & qui pour dire vrai, ne pourra jamais s'établir que dans quelqu'heureux coin des états d'Apollon, quoique l'ingrat Philosophe en chasse les favoris de ce Dieu qui l'a si bien traité.

Vous êtes bien éloigné, Monsieur, de penser comme ces politiques ombrageux & timides, qui tremblent au ſeul mot d'égalité. Vous ſçavez que loin d'être contraire à l'autorité des loix, c'eſt leur baſe la plus ſolide; que les légiſlateurs n'ont jamais prétendu l'anéantir, mais la modifier, la régler, & tourner à l'avantage de la ſociété, un bien dont l'abus ſeroit pour elle un principe de deſtruction, & que ſi nous rappellons quelquefois les hommes à leur condition primitive, c'eſt pour les exciter aux vertus ſociales; les grands à la bienfaiſance & à l'humanité, le peuple à la douceur, à l'amour de l'ordre & du bien public. La tyrannie & l'injuſtice ſeroient bannies pour toujours de la terre, ſi ceux qui commandent & ceux qui obéiſſent, étoient bien convaincus que tous les hommes ſont égaux par l'inſtitution de la nature; qu'ils ne ſe ſont déterminés à ſe donner des Maîtres, que dans l'eſpérance d'être plus heureux, & que depuis la formation des ſociétés, le particulier, je n'entends pas moins le chef que les membres de l'Etat, ne vit plus pour lui-même: mais pourquoi vous rappeller des principes qui vous ſont ſi familiers?

L'égalité qui ne peut subsister en entier dans les corps politiques, conserve en un certain sens tous ses droits dans la République des Lettres. C'est une démocratie parfaite, où toute distinction est inconnue, & dont l'indépendance est la loi fondamentale. Mais comment accorder cette liberté précieuse & d'antique origine, avec l'autorité que s'attribuent une foule de tribunaux qui se sont élevés au milieu d'elle, qui s'emparent chaque mois de tout ce que la presse enfante, & qui distribuent à leur gré la louange & le blâme? Comment justifier des établissemens de cette nature, dans une société d'hommes libres, qui ne reconnoissent de pouvoir légitime, que dans le corps entier des Citoyens? Corps immense qui ne rend point d'arrêts en forme, mais dont les jugemens sont notifiés par l'estime qu'il fait de ce qu'il approuve, & par le mépris éternel dont il flétrit ce qu'il condamne.

Ne croyez pas, Monsieur, que je veuille attaquer les Auteurs périodiques. Moi qui n'écris point, je n'ai rien à démêler avec eux; je leur ai même l'obligation de m'avoir fait connoître une infinité de Livres & d'Ecrivains dont on ne voit nulle trace ailleurs, parce qu'ils disparoissent de dessus notre hémisphere plus promptement que ces foibles insectes, dont la carriere est longue quand ils voyent deux soleils. Si je voulois suivre la comparaison, je dirois que malheureusement pour le Public, ils se reproduisent avec la même facilité, qu'ils s'attroupent, qu'ils bourdonnent, qu'ils forment des essains innombrables, dont l'éclat du jour est quelquefois obscurci, & c'est peut-être ce qui rend les tribunaux littéraires plus nécessaires que jamais.

On peut envisager les Ouvrages périodiques sous deux points de vûe différens, parce qu'ils renferment & l'histoire, & la critique des productions nouvelles : considérés comme histoire, tout le monde est convaincu de leur utilité. Sous cette idée, ce sont des canaux de circulation qui lient ensemble toutes les nations lettrées, qui font passer jusqu'aux frontieres les plus éloignées d'un empire formé de tous les autres, les marchandiſes précieuſes & les menues denrées dont les grandes Villes abondent. Les ouvrages profonds ſur la Religion, la Morale & les Loix, les enrrepriſes capables d'éterniſer la gloire des Arts & de la nation; les hiſtoires où le génie des peuples, le caractère des grands hommes, & les reſſorts de la politique, ſont développées; les pieces de théâtre qui raniment en partie la muſe de Sophocle & de Corneille, d'Euripide & de Racine, de Terence & de Moliere, de Quinault & de Lully, ce ſont les marchandiſes précieuſes: un Roman bien écrit, une Epitre badine ou morale, un conte agréablement narré, une Epigramme pleine de ſel & de verve, un Madrigal ingénieux, une Allégorie couverte d'une gaſe légere & ſoutenue d'alluſions fines, ce ſont les menues denrées. Or, plus il y a de ces canaux, plus auſſi la circulation eſt facile, plus elle a d'activité. Les Ouvrages importans ne pénetrent que fort tard dans les Provinces, les pieces fugitives s'arrêtent dans les portefeuilles, ou s'égarent ſur les toilettes. Ceux-là ſont annoncés dans les

Journaux, ils en donnent une idée ſommaire, ils en tracent le plan, ils en expoſent la marche, ils en copient même des pages entieres. On y tranſcrit celles-ci en total ou en partie. Les Ouvrages périodiques, ſemblables à cette monnoye idéale qui facilite les opérations du commerce, & dont une nation que toutes les autres mépriſent, nous a montré l'uſage, paſſent de main en main, de Ville en Ville, de Royaume en Royaume. Tout le monde les lit; car qui ne liroit pas au moins des Journaux ? Le Sçavant s'attache aux objets relatifs au genre d'étude qu'il a choiſi, le Philoſophe y ſuit l'hiſtoire des connoiſſances humaines, l'homme du monde, la femme bel eſprit, qu'un Livre fait pâlir, mais à qui une feuille ne peut donner des vapeurs, s'inſtruiſent en ne cherchant qu'à s'amuſer.

La partie critique des Journaux que j'appelle auſſi la partie de goût, n'eſt pas la moins utile. Quoique les principes du goût, fondés ſur la nature, éclaircis par un grand nombre d'obſervations, rendus ſenſibles par la pratique des grands Maîtres, soient invariables ; on s'en écarte, on les altere par les efforts même qu'on fait pour surpasser les excellens modeles, que les beaux âges des lettres nous fournissent en tout genre. Les uns ignorent les regles, d'autres veulent en secouer le joug, d'autres enfin les font plier à leur gré ; ce qui demande beaucoup moins de travail & de génie, qu'il n'en faut pour s'y conformer. On va même plus loin ; & pour cacher sa honte & sa foiblesse, on se donne pour les inventeurs d'un genre nouveau, dont les anciens & ceux qui ont le mieux écrit sur les regles, n'avoient point d'idée. A la faveur de cette prétention, toutes les parties de la littérature sont livrées à l'esprit de nouveauté. Melpomene. cette Muse autrefois si touchante, a cessé de nous attendrir par ses accens douloureux ; elle embouche la trompette épique, elle en tire des sons enflés & bruyans, elle étale des maximes stoïques, elle disserte au lieu d'agir. Thalie, grave & sombre, a perdu sa gaieté ; elle ne met plus sous nos yeux le tableau vraiment comique de nos ridicules : on diroit qu'elle ne connoît point les hommes d'aujourd'hui ; ceux qu'elle peint ſont des étres imaginaires qu'on ne voit nulle part. Tantôt elle s'évapore en ſubtilités métaphiſiques ; tantôt elle développe éloquemment les principes de la morale, quelquefois même elle s'oublie juſqu'à nous faire pleurer les malheurs d'un héros ſubalterne. La Muſe champêtre minaude, s'exprime en précieuſe, prodigue l'eſprit, & joue le ſentiment. L'éloquence, cette reine majeſtueuſe qui ne devoit qu'à la force de ſes raiſons, à la vigueur de ſes traits, au ſtile mâle & nerveux qu'elle avoit coutume d'employer, l'empire qu'elle exerçoit ſur les eſprits & ſur les cœurs, ſe charge de fleurs & d'ornemens déplacés, admet des phraſes mignones, des ſaillies, des Epigrammes, des Sentences. Ce n'eſt pas que la France n'ait encore des Ecrivains qui ſoutiennent ſa gloire. On reconnoît le pinceau des Grecs dans les Troyennes & dans Philoctete. Bourdaloue & Paſcal récrivent dans les PP. Renaud & la Bretonnie ; Boſſuet & Fenelon dans M.

l'Evêque du Puy. M. le Préſident Hainault eſt exact & profond comme Tacite ; M. le Chevalier de Selignac écrit & peint comme Tite-Live. M. de Foncemagne, chargé de la ſeconde éducation du Royaume, a les graces de Pline, & la nobleſſe de Ciceron dans le peu qu'il a donné. M. de Bougainville traduit comme M. l'Abbé d'Olivet. M. l'Abbé Coyer joint la naïveté de Montagne à l'imagination gaye forte & ſaillante du Docteur Swif. M. de Cahuſac marche après Quinaut dans la Poëſie Lyrique. M. Racine & M. le Franc excellent dans la Proſe & dans les vers. Je pourrois faire une liſte plus nombreuſe ; mais il faut peu louer, pour n'offenſer perſonne. Il ſuffit pour prouver que le bon goût s'affoiblit, qu'on ſoit en état de prouver que le petit nombre des hommes illuſtres, eſt ſurpaſſé par une foule d'Auteurs, Poëtes, Hiſtoriens, Moraliſtes, Romanciers, dont quelques-uns ne ſont que trop célebres, qui n'ont point d'autre guide qu'une imagination brillante, ſi l'on veut, mais ſans regle & ſans principe, & auſquels l'antiquité n'eſt pas moins inconnue, qu'ils ſeront indifférens à la poſtérité.

Il eſt donc néceſſaire d'analiſer les écrits modernes, & de rappeller ſouvent des exemples aux regles. C'eſt l'unique moyen d'empêcher le mauvais goût de s'étendre, & de preſcrire, malgré les ſuccès peu durables qu'il obtient quelquefois. Mais quand l'Art eſt ignoré ; quand l'attrait de la nouveauté & la manie du bel eſprit ſéduit toute une nation ; quand la jeuneſſe eſt déciſive & peu laborieuſe ; la cabale puiſſante ; les bons Juges rares ou timides : quand cette aimable portion de la ſociété que la nature ſemble avoir borneé au talent de plaire, a conçû le projet ambitieux de juger le Théâtre & l'Académie, la Chaire & le Barreau. Que doit-on faire, Monſieur ? Remonter aux ſources du beau, développer ſes loix & ſes caracteres, oppoſer aux productions du bel eſprit, les chef-d'œuvres des grands Maîtres, & les ſiecles immortels d'Auguſte & de Louis XIV au ſiecle préſent.

Vous inférez de-là, Monſieur, que nos Journaliſtes ſe ſont préparés au pénible emploi qu'ils exercent, par une étude longue & refléchie des regles & des modeles; qu'avant de ſonger à régler les rangs ſur le Parnaſſe, ils en ont au moins parcouru en voyageurs attentifs les différens ſentiers, & qu'ils n'ont point d'autre intérêt que celui des lettres & des Arts. Sur cette idée vous vous les repréſentés aſſis à la porte du Temple des Muſes ſur le trône de la Critique, la tête couronnée de lierre, la balance à la main, peſant la Proſe & les Vers, mettant d'un côté les regles, de l'autre les écrits, & rendant ſans égard pour les titres & pour le crédit, ces arrêts célebres que le Public ratifie, & que les Auteurs voudroient inutilement effacer du regiſtre fatal; & vous dites: c'eſt ainſi que Minos & Radamante, ſur le rivage déſolé du Stix, jugent les Ombres tremblantes, & fixent irrévocablement leur deſtinée, après avoir examiné leur vie, ſur les principes immuables de la juſtice & de la vertu. La comparaiſon eſt aſſez juſte, & j'y vois réunis les devoirs du Journaliſte & ſes fonctions. Il y a pourtant cette différence entre les Juges infernaux & les tribunaux littéraires, que ceux-ci ne ſont pas toujours incorruptibles ; que leur autorité n'eſt ni ſacrée, ni ſuprême, ni génétalement reconnue, qu'on peut en conteſter le titre & l'exercice, quelquefois même en réformer les déciſions. Dans ce dernier cas, dont on a des exemples fréquens, voici, Monſieur, ce qui arrive. Les Auteurs maltraités ſe pourvoyent par appel auprès du Public, & dans la requête ils ont grand ſoin de relever l'incompétence & la partialité du Juge qui a prononcé contre eux. Quelques-uns ont le bonheur de faire caſſer la ſentence, & alors le Juge aveugle ou corrompu, ſubit la peine du talion; mais la plûpart eſſuyent un jugement plus rigoureux que celui dont leur amour propre étoit bleſſé. C'eſt peut-être la meilleure appologie qu'on puiſſe faire des Journaux.

Il ſe trouve parmi nous, Monſieur, un grand nombre de bons eſprits qui voyent beaucoup d'inconvéniens dans la multiplication des Ouvrages périodiques. Ils prétendent que loin d'éclairer le Public & d'épurer le goût, cette foule de jugemens qui ne peuvent manquer d'être opposés entr'eux, chaque homme ayant sa maniere de voir & de sentir, sans compter les préjugés & les intérêts personnels, répand sur les principes une incertitude favorable aux ennemis des regles & de l'antiquité. D'ailleurs ils soutiennent que parmi cette multitude de Journalistes, il est facile aux Ecrivains médiocres, d'en trouver un de bonne composition, dont ils sçavent éblouir & désarmer la critique, qui déguise les défauts de leurs ouvrages, & les pare d'un vernis imposteur : de-là, disent-ils, tant de petits illustres qui brillent dans les Provinces, qui trompent les Etrangers, qui parviennent même à se faire compter pour quelque chose dans la Capitale, sur la foi d'un extrait qu'ils ont acheté plus cher, que le Libraire n'a payé leur Manuscrit.

On est obligé de convenir que s'il y a beaucoup d'humeur, il y a aussi un peu de vérité dans ce discours. Cependant je pense comme vous, Monsieur, ce grand nombre de Journaux qui se publient si régulierement, qui ſont enlevés ſi rapidement, ſont la preuve de nos richeſſes littéraires, dont ils ſont partie. S'il y avoit moins d'Ecrivains & d'amateurs, c'eſt-à-dire, ſi notre littérature étoit moins féconde & moins brillante, il y auroit moins d'Ouvrages périodiques.

Les Grecs & les Romains qui ſont nos modeles dans tous les Arts qu'ils ont connus, n'avoient point de Journaux littéraires. L'invention nous en eſt dûe, & l'époque n'en eſt pas ancienne. Etoit-ce une perte pour eux? Eſt-ce un avantage pour nous? Avec ce ſecours, Athenes & Rome auroient-elles enfanté des chef-d'œuvres plus parfaits? Les Zoïles & les Mœvius, dont le tems a fait juſtice, auroient-ils ceſſé d'écrire? Jugeons-en, par ce que nous voyons arriver chez nous Un Ouvrage périodique s'établit vers la fin du ſiecle paſſé, les Cotins, les Pradons, les d'Aſſoucis, ſont-ils devenus plus ſages? Aujourd'hui pluſieurs Ecrivains, zélés ſans doute pour la gloire des Lettres & de la France, ſe chargent tous les mois d'éclairer le Public, & de lui dire ce qu'il doit penſer des Ouvrages nouveaux:

avons-nous moins de Tragedies' ourſouflées, de Comédies languiſſantes, de Romans inſipides, d'Odes à la glace, d'Hiſtoires délabrées, de vers ſans Poëſie, de proſe ſans chaleur, d'écrits ſans arts & ſans ſtile ?

Ne concluons pas de cette malheureuſe fécondité qui nous diſtingue du ſiecle paſſé, où ſi l'on écrivoit moins, on faiſoit plus de bons ouvrages que de mauvais, n'en concluons pas, Monſieur, que les Auteurs périodiques ne contribuent point à ſuſpendre la décadence du goût, & à différer le regne de la Barbarie où nous ſerions peut-être déja tombé ſans eux. Ce n'eſt pas leur faute ſi les Ch., les de M., les la M. s'obſtinent à reparoître ſi ſouvent ſur la ſcene. Pluſieurs d'entr'eux n'ont rien épargné, pour les dégoûter d'écrire; & ſi les autres n'ont pas même donné à leurs écrits la plus légere attention, un oubli ſi conforme aux diſpoſitions du Public, vaut mieux qu'une critique détaillée, qu'ils ne méritent pas. Juſqu'ici la ſageſſe des Ordonnances & la rigueur des loix, ont-elles pû fermer l'entrée du Royaume aux marchandises prohibées, & détourner les hommes d'un métier dangereux, qui conduit presque toujours au supplice & à l'indigence ? N'en doutez pas, Monsieur, on verroit bien-tôt les Etats d'Apollon ravagés, infectés, si tant de braves sentinelles cessoient de veiller à la sûreté des frontieres. C'est ce qui faisoit dire à l'Abbé Desfontaines, dont un Ministre avoit réduit la critique au silence, sur les plaintes de quelques mécontens, que si l'on ne rendoit un libre cours aux *Observations*, la France seroit bien-tôt *moncrisée & marivaudée*. Mettez à part l'intérêt de deux hommes, dont les noms sont trop célebres pour être flétris par un bon mot que le dépit & la vengeance ont dictés ; cet Abbé n'avoit-il pas raison, & les Epidemies de toutes especes qui ravagèrent le Parnasse, aussitôt que ce redoutable adversaire du néologisme & du mauvais goût, fut descendu chez les morts, ne prouverent-elles pas l'utilité de l'emploi qu'il y éxerçoit avec tant de succès ?

Les mauvais Ecrivains sont les seuls, Monsieur, qui veuillent bannir la critique du Parnasse, & par conséquent les Journaux qui sont les organes, par lesquels cette redoutable Déesse a pris l'habitude depuis environ un siecle, de rendre ses oracles; mais le Public, je ne dis pas cette multitude imbécile que les préjugés dominent, que des impressions subites entraînent d'un excès à l'autre en moins d'un jour, & qui ne peut jamais dire ni pourquoi elle approuve, ni pourquoi elle blâme; je ne dis pas non plus ces assemblées tumultueuses que la passion transporte, & qui font retentir les Caffés de leurs clameurs & de leurs paradoxes; enfin je ne dis pas

.... Ces plattes cotteries,
Où l'on voit souvent réunies
L'Ignorance en petit manteau,
La Bigotterie en lunettes,
La Minauderie en cornettes,
Et la Réforme en grand chapeau,

comme dit un de nos Poëtes; mais je dis cette petite portion d'hommes sensés, qui ne sont, ni les idoles, ni les suppôts de la cabale, qui rendent justice au mérite d'un Auteur, en condamnant

damnant ses défauts, qui ne reprennent que pour instruire, & dont la censure a pour objet de perfectionner les jeunes talens, & non de les obscurcir, ou de les décourager. Ce Public éclairé, voudroit qu'outre le talent d'écrire, l'esprit d'analise, le sçavoir & la fidélité, un Journaliste fût un Citoyen zélé pour la gloire de son pays & le progrès des lettres; que le désintéressement & l'équité présidassent à ses jugemens; qu'il n'eût ni préjugés d'état, ni intérets de corps, ni querelles personnelles à soutenir; que sa critique fût tempéré par la politesse & les égards; qu'il ne livrât point sa plume aux factions, ni à la vengeance des Auteurs; qu'il se regardât au moins comme l'égal de ceux dont il extrait les ouvrages, & que les décisions hardies, les prédictions funestes, les conseils avantageux, les traits satiriques, les ironies picquantes, les personnalités odieuses, les imputations graves, telles que celle d'impiété, ne changeassent point en libelle, l'histoire des Arts & des Sciences

Ce n'est pas qu'un Journaliste ne

puisse faire au sujet des Ouvrages nouveaux qu'il analise, ce qu'un Historien judicieux fait à l'occasion des évenemens qu'il raconte. Il peut, il doit même, s'il veut intéresser & devenir utile, soutenir sa narration de réflexions critiques, comparer les productions nouvelles avec les ouvrages du même genre que l'estime publique a consacrés ; proposer des doutes & des objections, combattre les sentimens hasardés, ouvrir enfin de nouvelles vûes sur toutes les parties de la littérature. Est-ce un traité de Philosophie dont il rend compte, il exposera les opinions relatives à l'objet que l'Auteur embrasse ; il rapportera ce que les Anciens en ont dit, ce que les Modernes ont ajouté à leurs découvertes ; il indiquera ce qui reste encore à éclaircir sur cette matiere. Est-ce un morceau d'Histoire générale ou particuliere qui l'occupe, il s'attachera moins à décrire le détail des évenemens, qu'à marquer leur enchaînement & leurs rapports, à dévoiler les ressorts qui les ont produits, à peindre les hommes & les mœurs, & sur tout à faire connoître l'état des Lettres & des Arts, dans le tems dont il parle. Les Historiens occupés de sièges, de batailles & d'intrigues politiques, négligent ordinairement ce que l'Histoire a de plus intéressant pour nous & la postérité, le caractere des peuples & des siecles, leurs usages, leurs superstitions, leurs loix, leurs inventions, leurs monumens, leurs vertus, leurs vices, leur Philosophie, leurs Artistes. Le Journaliste y suppléera par des recherches, des observations, des anecdotes. Un établissement qui rend le commerce plus actif, plus sûr & plus étendu ; un canal qui réunit les deux mers; une loi qui détruit les restes de l'ancienne barbarie ; la jeune Noblesse élevée sous les yeux du Prince ; les Manufactures encouragées; l'indépendance réprimée ; le Citoyen maintenu dans la possession de ses droits ; la Religion vengée ; les entreprises littéraires protégées, la Marine accrue : voilà des objets vraiment dignes de picquer la curiosité des âges futurs. Heureux l'Ecrivain qui peut lier des faits de cette nature, dans l'Histoire du même Souverain, avec ce qui fait la gloire des conquérans, & dire que s'il fut le plus grand des Rois, il fut aussi le plus juste & le plus aimé. La nouveauté dont le Journaliste entretient ses Lecteurs, est-elle une piece de théâtre, un ouvrage d'agrément? C'est alors que l'esprit s'éleve, que le stile s'anime, qu'une imagination riante & vive peut prendre l'essor, qu'on peut répandre à pleine main le sel & les fleurs, que les citations, les paralelles, les détails & les anecdotes purement littéraires, trouvent naturellement leur place.

Un Journal exécuté sur ce plan, ne seroit-il pas, Monsieur, un ouvrage précieux, qu'on liroit encore avec plaisir, lorsqu'il auroit perdu les graces de la nouveauté; un guide sûr pour la jeunesse, qui veut juger & produire avant d'avoir appris à connoître; un mouvement durable où les générations suivantes étudieront l'histoire de nos Arts.

Après ces refléxions générales ausquelles je n'ai pas donné sans doute la forme & l'étendue que demandoit leur importance, vous m'ordonnez,

Monſieur, de vous faire connoître en particulier nos différens Ouvrages Périodiques. Quelque danger qu'il y ait dans cette entrepriſe, j'obéïrai; mais je me renfermerai pour ce qui me reſte à vous dire, dans les bornes d'une relation fidele; car, qui ſuis-je, pour juger les Appréciateurs du mérite ? moi qui n'ai jamais prétendu qu'obſerver & m'inſtruire.

Je commence par le Journal des Sçavans, c'eſt le plus ancien de nos Ouvrages Périodiques. M. de Sallo, Conſeiller-Clerc au Parlement de Paris, en conçut le projet. Ce Magiſtrat joignoit à la ſcience des loix, une profonde érudition en tout genre. Il avoit étudié l'Hiſtoire, la Critique & les Belles-Lettres, en ſçavant & en homme de goût. Il poſſédoit les Langues anciennes & étrangeres, & il écrivoit bien la ſienne, avoit un tour d'eſprit neuf & original. Son ſtile vif, naturel, intéreſſant, reſſembloit beaucoup à celui de Baile; ſi ce n'eſt qu'il etoit plus correct & plus nerveux. M. de Sallo fit paroître le commencement de ſon Journal au mois de Janvier 1665. Les

Auteurs dont il ne ménageoit pas l'amour propre, crierent à l'injuſtice. Tout Paris retentit de leurs plaintes, & dès le mois d'Avril le Journal fut interrompu. On le rétablit l'année ſuivante. Depuis cette époque juſqu'en 1701, il eſſuya divers orages, & paſſa tour à tour en différentes mains. Alors M. le Chancelier de Pontchartrain, Magiſtrat zélé pour la gloire des Lettres, ſi intimément liée avec celle de l'Etat, forma une Compagnie de Sçavans pour l'exécution de ce Journal, qui prit une forme plus réguliere. On le continue encore ſur le même plan, chacun des Aſſociés a ſon objet. Il analiſe les Livres qu'on publie dans le genre qui lui eſt affecté. Ces extraits fournis par des hommes à qui la matiere qu'ils traitent eſt parfaitement connue, ayant été l'occupation de toute leur vie, ſont faits avec beaucop d'intelligence, de modération, d'exactitude & de fidélité. Les ouvrages nouveaux ne perdent rien entre leurs mains, ils en font connoître l'objet, l'utilité, l'ordonnance & l'exécution: développemens de principes, diſcuſſions de faits & d'opinions, ſupplémens néceſſaires, remarques inſtructives, rien n'eſt oublié. Sans rien donner à la malignité, ils ſoutiennent les intérêts du goût & de la raiſon, par des preuves dont perſonne ne peut s'offenſer : voilà, Monſieur, ce qui ſoutient depuis ſi long-tems ce Journal, digne de ſervir de modele aux autres dont il a donné l'idée. L'autorité politique n'ajoûte pas un nouveau poids aux déciſions littéraires, ainſi le Journal des Sçavans ne doit qu'à ſon mérite intrinſeque, au choix des matieres qu'on y traite, à la bonne méthode qu'on y ſuit, & aux lumieres des gens de lettres qui concourent à ſa perfection, la réputation juſtement acquiſe dont il jouit dans toute l'Europe. La Hollande fidele à l'uſage où elle s'eſt miſe depuis long-tems, de s'approprier nos meilleurs ouvrages, & de les défigurer par des additions que leurs premiers Auteurs n'ont garde d'avouer, réimprime chaque mois le Journal des Sçavans, avec de nouveaux articles, auſquels il eſt aſſez inutile d'ajouter une marque pour les diſtinguer des autres, l'empreinte du goût belgique y eſt trop bien marquée pour qu'on ſi méprenne.

Le Journal connu ſous le titre de mémoires pour l'Hiſtoire des Sciences & Beaux-Arts, eſt le plus conſidérable & le plus ancien après celui des Sçavans. Il doit ſa naiſſance au P. Tournemine, Chronologiſte habile, Hiſtorien profond, Littérateur délicat, Ecrivain poli, ce Jéſuite réuniſſoit les connoiſſances qui font les Sçavans du premier ordre, aux qualités de l'homme aimable. Une critique fine & légere, un ſtile pur & délié, beaucoup de ſolidité jointe à beaucoup d'agrément dans la façon de traiter les matieres les plus ſeches, annonçoient le fond d'aménité qu'il avoit dans l'eſprit. Depuis lui, ce Journal s'eſt toujours ſoutenu, mais il n'a pas toujours eu le même ſuccès. Il a plus ou moins réuſſi, ſelon que ceux à qui on l'a confié, ont eu plus ou moins de talent pour ce genre d'écrire. L'Homme d'eſprit qui en a préſentement la direction principale n'oublie rien pour lui donner le dégré de perfection dont il eſt ſuſceptible. Il ne laiſſe rien à déſirer du côté de l'érudition, de l'exactitude, & de la bonne critique. Avec tant de bonnes qualités, on eſt fâché d'y trouver des taches qui en diminuent le mérite aux yeux des bons Juges. De ce nombre ſont quelques traces de néologiſme, quelques diſcuſſions où l'eſprit de corps ſe fait trop ſentir, quelques déciſions exprimées d'un ſtile avantageux qui va quelquefois juſqu'à bleſſer les égards dûs au Public & aux Ecrivains. La partie vraiment précieuſe de ce Journal, c'eſt celle des Arts, qui eſt traitée avec tout le ſoin & toute la délicateſſe imaginable. On lit avec un plaiſir infini les articles dont ils ſont l'objet. Le Journaliſte qui les fournit eſt à coup ſûr un homme de goût, un amateur éclairé qui joint la préciſion des idées à la vivacité du ſentiment. Il poſſede au ſouverain degré l'art d'échauffer & de plaire. Son ſtile plein de chaleur & de Poëſie, eſt orné des plus vives images, & fait paſſer dans l'ame toute la paſſion dont il eſt animé pour la gloire des Arts. Mais ſon zele ne ſe borne pas aux Arts agréables qui ſont l'objet des talens & du génie, il embrasse encore les Arts de service qui occupent dans l'obscurité tant de Citoyens utiles, qui nous procurent des avantages réels, en présentant de nouvelles ressources à l'indigence, & de nouveaux appas à l'industrie. Matériaux, préparatifs, machines, découvertes, procédés, applications, rien n'échappe à son attention : tout est accueilli, détaillé, mis dans un point de vûe intéressant. Partout on retrouve le Connoisseur & le bon Citoyen.

Le Journal connu sous le nom de Mercure de France, est d'une origine fort ancienne. Il a paru sucessivement sous différens titres, & sa fortune n'a pas toujours été la même. D'abord applaudi, négligé ensuite, il resta quelque-tems dans une espece d'oubli. M. de Visé, cet Auteur de tant de brochures ignorées, le remit en faveur, en lui donnant une forme plus agréable. Son Recueil périodique amusa long-tems la Cour par le soin qu'il prit d'y rassembler tous les morceaux de Prose & de Vers relatifs aux brillantes fêtes dont Louis XIV fit son amusement dans les belles années de ſon regne. Aujourd'hui ce n'eſt plus comme autrefois un ſimple Recueil de Pieces fugitives. Sans négliger cet agrément on a rendu cet Ouvrage plus utile & plus varié par la méthode qu'on y ſuit. Chaque Volume contient un article pour les Spectacles, un ſecond pour les nouvelles politiques, & un troiſieme pour les détails généalogiques à l'occaſion des naiſſances, morts & mariages des perſonnes de diſtinction. Ce Journal qui n'eſt point ſans mérite & ſans agrément, à bien des égards, a un débit prodigieux. On pourroit en faire aiſément un mêlange agréablement varié par un choix plus judicieux & plus ſévere des différens morceaux qui le compoſent. Pour cela il ne faudroit pas ſe borner aux productions nouvelles qui viennent de la Province, foibles eſſais d'une jeuneſſe qui n'a pas encore ſecoué la pouſſiere du College. Une moiſſon plus riche & plus précieuſe s'offre au goût du Compilateur. Combien de pieces fugitives marquées au bon coin, périſſent faute d'être recueillies. Combien d'Epitres légeres, de Contes ingénieux, de Poësies délicates qui sont perdues pour le Public? Quoiqu'elles soient en quelque sorte la vraie richesse de notre langue. Nous n'avons presque rien du Duc de Nevers, du Marquis de Saint-Aulaire, de Lenés, de Blot, de Coulanges. Aujourd'hui que la Nation est peut-être plus voluptueuse & plus spirituelle qu'elle ne l'a jamais été, combien de jolis Madrigaux, de Romans allégoriques, de Couplets charmans, de vers qui joignent un heureux tour de pensées à une aimable négligence, enfans du plaisir & de la liberté, qui ne sont point connus hors la société où ils ont pris naissance. Le nombre de nos Chansons, image & fruit tout ensemble, de notre gaieté naturelle, est prodigieux. On les néglige si-tôt qu'elles ont cessé d'être nouvelles, cependant la plûpart méritent d'être conservées, & quelques-unes valent mieux que celles d'Anacréon dont on fait tant de cas. Elles ont & plus de finesse & plus de vivacité. Voilà ce qu'il faudroit rassembler pour en faire un Recueil amusant. Que ne doit-on pas attendre de

M. de Boiſſy, dont les ouvrages tant de fois applaudis ſur les différens Théâtres de Paris, font parler à la Muſe comique, le langage des graces & du ſentiment. On a lieu d'eſpérer que s'il ſe ſouvient d'avoir dit quelque part en parlant du Journal auquel il préſide.

Pour s'immortaliſer cette voye eſt peu ſûre..

Ce ne ſera que pour le rendre plus digne de l'immortalité qu'il ne l'a été juſqu'ici.

Le Journal, dit de Verdun, a beaucoup de rapport avec le Mercure, ſi ce n'eſt qu'il eſt moins étendu, moins varié, que les Spectacles n'entrent point dans ſon plan, & que les nouvelles politiques en occupent la plus grande partie. Il débute par des annonces de Livres nouveaux dont il donne une légere idée, quelquefois même des extraits détaillés. Il contient auſſi quelques morceaux de Poëſie, parmi leſquelles il y en a ſouvent de très-ingénieuſes, & quelques diſſertations ſur divers points de littérature, de Morale & d'Hiſtoire.. Les nouvelles politiques forment un Recueil de Mémoires qui pourront ſervir un jour à l'Hiſtoire Univerſelle de notre tems. Il eſt conduit par M. Bonami de l'Académie des Belles-Lettres & Inſcriptions, titre à la ſuite duquel ſe trouvent toujours le mérite & l'érudition.

Vous avez vû, Monſieur, dans le ſéjour que vous avez fait à Paris, le célebre Abbé Desfontaines, ce Critique dont on a dit tant de mal, & qui nous a fait tant de bien, en diſſipant les brillans phantomes, qui après avoir commencé par nous éblouïr, auroient certainement fini par nous égarer. Ses feuilles périodiques ont fait vos délices dans leur nouveauté, vous les liſez même encore avec plaiſir. Outre les charmes & la pureté du ſtyle, vous y trouvez un ſel attique, un diſcernement exquis, une connoiſſance parfaite, une application judicieuſe des vrais principes du goût. A ſa mort un grand nombre d'Ecrivains la plûpart jeunes & ſans expérience, entrerent dans la lice où il avoit ſi long-tems, & ſi glorieuſement combattu contre les Seneques & les Lacains de notre ſiecle. Mais il falloit avoir hérité de ſa plume & de ſon génie, pour continuer ſon ouvrage. La critique eſt peut-être, ainſi que la Poëſie, un des genres d'écrire où la ſupériorité des talens eſt plus néceſſaire, & la médiocrité moins pardonnable. On ne doit donc pas être étonné, ſi les ſucceſſeurs de l'Abbé Desfontaines diſparurent l'un après l'autre. Un ſeul reſta digne éleve d'un tel Maître. C'eſt celui qui après avoir publié ſes premiers Volumes ſous le titre de *Lettres ſur quelques Ecrits de ce tems*, continue le même Ouvrage ſous le nom *d'Année Littéraire.* On y trouve à peu de choſes près le ſtyle aiſé, la critique fine & picquante, la méthode & l'eſprit de l'Abbé Desfontaines. Si l'on vouloit caractériſer l'Auteur des Obſervations & celui de l'Année Littéraire, on diroit que le premier avoit une touche plus ferme, un coloris plus tranchant, l'exécution plus libre & plus hardie; & que ſi le ſecond a moins de facilité, il eſt auſſi plus ſçavant, plus correct, & plus travaillé. Quant au fond ce ſont les mêmes principes & les mêmes vûes dans l'un & dans l'autre. On voudroit ſeulement que celui-ci parût moins oublier cette partie de l'Epigraphe que la politeſſe de concert avec la raiſon, a gravée au frontiſpice de ſon Ouvrage, *Parcere perſonnis*, qu'il ſe montrât plus affranchi de toute rivalité dans les diſputes littéraires, qu'il négligeât tant d'écrits miſerables, tant de Romans inſipides, auſquels ſa plume, quelque mal qu'elle en diſe, prête une ſorte de vie, dont ils n'auroient jamais joui ſans elle. Au reſte ce ne ſont point des conſeils que je lui donne, mais des vœux que je forme pour ſa gloire & celle d'un ouvrage digne d'offrir aux Etrangers & à la poſtérité avec les maximes les plus ſolides & les plus purs du goût, le tableau fidele de notre littérature.

Chez nous, Monſieur, la Religion eſt connue, & le Peuple même eſt inſtruit. La France eſt de tous les Pays Catholiques celui où l'on ſçait mieux ce qu'on doit croire, où il y a plus de lumieres dans les eſprits, plus de majeſté dans le culte extérieur, & moins de ſuperſtition. C'eſt un aveu que je vous ai entendu faire souvent, vous n'avez pû demeurer au milieu de nous, sans connoître combien nous sommes prompts à reclamer contre les nouveautés. Environnés de peuples, dont les uns livrés à l'indépendance & au tolérantisme, par une suite nécessaire de leurs principes, donnent un libre cours à toutes les opinions, & les autres plongés dans une ignorance profonde, font consister les devoirs du Christianisme dans certaines pratiques populaires, dont les passions s'accommodent aisément : notre attachement pour les anciennes maximes qui font partie de nos loix, nous a préservé de ces deux excès. De-là vient que les Livres de Piété ont un si grand débit en France. Il nous manquoit un Journal uniquement destiné à faire connoître les Livres de cette espece. M. l'Abbé Joannet, déja célebre par un très-bon Ouvrage Didactique sur la Poësie Françoise, l'a commencé sous d'augustes auspices, & l'on peut dire qu'il embellit des sujets, qui par leur nature, ne paroissent pas susceptibles des fleurs dont il sçait les parer. Un de nos plus sçavans Prélats a fait un Traité que tout le monde a lû, pour montrer que la dévotion peut être conciliée avec l'esprit. La possibilité de cette union, dont les ennemis de la piété ne veulent pas convenir, est également démontrée par l'ouvrage du Prélat & par le Journal de M. l'Abbé Joannet. Le zele a donné l'idée de cette entrprise, les talens se sont chargés de l'exécution; & pour en assurer de plus en plus le succès, une Reine que les Esther & les Clotilde auroient prise pour modele, vient de lui accorder sa protection.

Par ce Journal une partie des vûes que vous me communiquâtes autrefois, sont remplies. Lorsque vous étiez au milieu de nous, touché des progrès étonnans de l'incrédulité dans un Royaume où la Religion s'est conservée si pure durant tant de siecles, frappé des ravages que causent tant d'écrits impies, dont la plûpart sont les fruits d'un terroir étranger, vous désiriez qu'une de nos bonnes plumes entreprît d'analiser en forme d'observations périodiques tous les ouvrages qui intéressent la Religion, ceux qui l'attaquent pour les réfuter, ceux qui la défendent pour en faire connoître le mérite & en étendre l'uſage. Que ne diſiez-vous pas pour faire ſentir les avantages de cette eſpece de Journal, pour en démontrer la néceſſité, pour applanir les difficultés de cette entrepriſe, à laquelle diſiez-vous, tous les gens de bien, tous les amis de la vérité, ne manqueroient pas d'applaudir, & qui ſe verroit bien-tôt ſous la protection du Gouvernement ! Vous ne vouliez exclure du plan de cet ouvrage que les matieres abandonnées à la liberté des écoles, que les Docteurs n'ont pas ſuffiſamment éclaircies, ou que l'Egliſe n'a pas ouvertement décidées. Sous quelles couleurs ne préſentiez-vous pas un projet que l'amour de la Religion & la douleur de ſes pertes journalieres avoient mis dans votre cœur ! Je convenois avec vous de ſon utilité ; mais j'étois effrayé de la prodigieuſe variété de connoiſſances & de talens qu'il demandoit pour être bien exécuté. Etude de l'Ecriture-Sainte & des Peres, antiquité profane & ſacrée, Hiſtoire des oppoſitions & des ſyſtèmes, ſcience théologique, ce que les Incrédules de tous les tems ont objecté, ce que les Apologistes de tous les siecles ont répondu, ce que les Modernes ont emprunté des Anciens, les nouvelles armes dont on se sert depuis un siecle pour attaquer & pour défendre, une Métaphisique profonde, une Logique exacte, un style assorti à la dignité du sujet : que de choses difficiles à réunir ! Quel art, quelle habitude d'écrire ne faut-il point avoir pour ôter à des matieres seches & abstraites, les épines qui les environnent sans les charger d'ornemens déplacés ! Je pourrois vous nommer l'homme du monde le plus capable de conduire cette belle entreprise & de la faire goûter. Mais il faut respecter la modestie d'un Philosophe. Il me suffit de dire qu'il fournit à l'Encyclopédie les articles de Théologie & d'Histoire, & qu'on a de lui deux Ouvrages de goût sur la maniere d'étudier utilement les Belles-Lettres, & de lire les Poëtes avec fruit.

Le Journal Œconomique a commencé de nos jours. Un Libraire de Paris qui fait honneur à sa Profesſion, qui nous retrace les tems ſi glorieux pour la Typographie, où les Aldes & les Etiennes occupoient un rang diſtingué parmi les Sçavans, en a formé le plan. Il eſt aidé par Monſieur ſon frere, homme de Lettres comme lui, qui remplit une des premiere places dans une Congrégation très ancienne & très-reſpectable. Le principal objet de ce Journal eſt, comme le titre l'annonce, l'Œconomie conſidérée dans toutes ſes branches, & ſur tout dans les parties relatives au Commerce, à l'Agriculture, & aux Arts qui en dépendent; le zele du bien public, & l'amour de l'humanité ont ſuggéré l'idée de cet Ouvrage La nobleſſe d'un tel motif & la bonté de l'exécution, lui ont mérité l'eſtime de la Nation, & plus encore celle des Etrangers, qui donnent à la ſcience œconomique, une attention que nous avons tort de lui refuſer.

La République des Lettres compte des ſujets partout où les Arts ſont cultivés, la Chine & le Perou ſont comme l'Allemagne & la France, des Provinces de ce vaſte Empire;

mais ceux qui habitent les différentes contrées du monde littéraire, font partie d'autant de Républiques particulieres, qu'il y a dans l'Univers de sociétés politiques. Mais sous des climats divers & souvent très-éloignés, non moins divisés d'intérêts que de langage, comment établir entr'eux d'un pole à l'autre, une correspondance facile, comment leur faire parler une langue commune, au moyen de la quelle ils puissent aisément, quelque lieu qu'ils habitent, se communiquer leurs essais & leurs découvertes, leurs observations & leurs doutes ? Le Journal Etranger, Monsieur, vient d'ouvrir aux Sçavans cette voye de communication fermée depuis tant de siecles. Trois hommes distingués par leurs talens, se sont succédés l'un à l'autre assez rapidemenr dans la direction de ce Journal. Sans rien changer au dessein général, ils n'ont pas tous suivi le même ordre pour la distribution des matieres qu'il embrasse. On peut même dire, que cet Ouvrage n'est point susceptible d'une méthode sévere, & qu'une division parfaitement simétrique, outre qu'elle feroit gênante & difficile à remplir, lui donneroit des bornes qu'il ne doit point connoître, embrassant toutes les Sciences, tous les Arts, & toutes les Langues. C'est ce qu'a très-bien senti l'Auteur de l'Année Littéraire, actuellement chargé de présider à cet Ouvrage (*a*).

Après le court exposé que je viens de vous faire, Monsieur, des principaux Ouvrages Périodiques, vous ne croiriez peut-être pas qu'un nouveau Journal, à peu près dans le même genre, pût paroître avec avantage, mériter l'estime des Amateurs, & picquer le goût presque usé du Public. Chaque Journal a un, ou plusieurs objets qui lui sont propres. Les uns, comme nous l'avons vû, sont consacrés aux Belles-Lettres & à la Littérature; d'autres traitent principalement des Beaux-Arts. Celui-ci élague d'une main légere, les arbrisseaux du sacré Vallon, pour les fortifier & leur donner plus de vigueur; il arrache les herbes dangereu-

(*a*) Depuis que cette Lettre est écrite, ce Journal est passé en d'autres mains.

ſes qui vouloient y prendre racine. Celui-là, animé du déſir de l'enrichir de nouvelles productions, va chercher au loin des plantes étrangeres, & les y tranſplante. Enfin tous ont leur objet particulier, & le rempliſſent avec ſuccès. Quel ſeroit donc l'ouvrage qui oſeroit paroître à la ſuite de tant d'autres, ſans craindre d'être négligé, ou peut-être même oublié dès le jour de ſa naiſſance?

Ce ſeroit celui qui, réuniſſant toutes les bonnes qualités de ſes aînés, y en ajouteroit encore de nouvelles, qui remarquant ce qui rend les autres défectueux, tireroit ſon principal mérite de la méthode qu'il ſuivroit pour effacer leurs taches, & ne conſerver que leurs beautés.

Mais comment faire, me direz-vous, un Journal qui joigne aux avantages que procurent les ouvrages de ce genre, le mérite de n'avoir aucun de leurs défauts. Je ne ſçais ſi je me trompe, Monſieur, mais le Journal Encyclopédique me paroît réunir ces deux qualités. Son titre annonce beaucoup; mais la maniere dont on l'exécute, remplit parfaitement cette

idée.

idée. Hiſtoire, Politique, Belles-Lettres, Critique, Sciences, Arts, Théâtres, tout eſt de ſon reſſort, dans la Littérature Françoiſe & Etrangere. Les nouvelles de la Guerre, de la Cour, de la Ville, y ſont expoſées avec une promptitude & une liberté, dont aucun des Journaux ne peut jouir. Je dis liberté, Monſieur, vous n'en ſerez point étonné, quand vous ſçaurez que ce Journal s'imprime à Liege, & qu'il paſſe en France par la poſte. Ainſi il ne ſubit point les cenſures qui étouffent quelquefois la voix de la critique, & en émouſſe les traits en voulant les adoucir.

Ce n'eſt pas cependant que les Auteurs de ce Journal abuſant du droit de ne point paroître devant l'auguſte Tribunal où ſont cités tous nos écrits, débitent avec hardieſſe des maximes & des refléxions, dont le Miniſtere ſeroit en droit de punir la témérité. Non, je ne crois pas que ce ſoit-là leur intention, ſi j'en puis juger par la lecture attentive de leur ouvrage. Mais il eſt certaines critiques libres & ſouvent vraies, qui paroissent à la faveur de cette liberté, & dont on auroit été privé, parce que ceux contre qui elles sont faites, sont trop élevés, ou appartiennent à des compagnies respectables. Comme si l'honneur de faire partie d'un Corps éclairé & puissant, supposoit l'infaillibilité dans chacun des Membres, ou l'heureux privilege de faire des fautes impunément, sans craindre les traits judicieux d'une saine ctitique !

Pour la nouveauté qui fait encore une qualité essentielle dans un Ouvrage de ce genre, celui-ci en jouit parfaitement. Tous les quinze jours on a un nouveau Journal. Ainsi sans attendre la révolution d'un, ou de plusieurs mois pour apprendre ce qu'il y a de plus nouveau dans l'Europe Politique & dans l'Europe Littéraire, sur la Scene Etrangere & sur la Scene Françoise, on sçait aussi-tôt ce qu'il y a de plus intéressant dans chacune de ces parties; on joint aussi à la fin de chaque Volume une petite Chanson gaïe ou sérieuse, célébrant quelquefois l'Amour & quelquefois le Vin.

L'entreprise d'un Ouvrage aussi étendu dans son plan, aussi important dans ses objets, & aussi délicat dans son exécution, suppose des correspondances bien établies, des Associés d'un esprit éclairé & judicieux, enfin un Auteur qui parfaitement instruit des matieres qu'il traite, sçait les rendre avec sens, clarté, précision. Vous n'hésiterez pas à tout espérer de cet Ouvrage, quand vous sçaurez quel est celui qui en a la direction; mais je supprime ici tout éloge, le succès du Livre emporte avec soi l'apologie des Auteurs.

Je me suis peut-être un peu étendu sur cet article, Monsieur, mais comme cet ouvrage est nouveau, puisqu'il n'a commencé à paroître qu'au premier de Janvier de cette année, j'ai cru devoir entrer dans quelque détails, pour vous le faire connoître plus à fond.

Outre les différens Journaux dont je viens de vous entretenir, il se débite encore en France une feuille hebdomadaire, qui contient l'indication fort abrégée mais fort nette, de quelques Ouvrages de Littérature. Elle est très-accueillie dans les Provinces, où les détails, les nouveautés & les petits faits sont toujours sûrs de faire fortune. On doit applaudir aux vûes de l'Auteur ? Une feuille pénetre jusqu'aux frontieres du Royaume, & peut faire naître à ceux qui n'entretiennent aucune sorte de liaison dans la Capitale, le dessein de s'instruire plus à fond des matieres qui piquent leur curiosité, en acquérant les Livres dont on leur présente une courte notice. Les autres avantages de cette feuille ne sont point de mon objet.

Je finis, Monsieur; j'ai satisfait aux questions que vous m'avez faites à l'occasion de nos Ouvrages Périodiques ; j'ai tâché de vous en donner une idée juste & précise, sans entreprendre sur les droits du Public, dont le Journaliste & l'Auteur qui lui fournit la matiere d'un extrait, sont également justiciables. Puisse ma Lettre non plaire à tous, la chose est impossible, mais n'offenser personne, faire connoître le zele qui m'anime pour la gloire de mon Pays, & fortifier l'idée que vous avez d'un Peuple qui devient tous les jours plus éclairé, plus ſenſible, & par conſéquent plus digne d'être connu.

Je ſuis, Monſieur, &c.

*Le premier May* 1756.

---

*Nota.* Il eſt aiſé de voir par la date de cette Lettre, que lorſqu'elle fut écrite, le *Conſervateur* ne paroiſſoit point encore; ainſi l'Auteur n'a pû en parler. Il aura occaſion d'en déve-lopper le plan dans un Ouvrage du même genre que celui-ci; mais au-quel il eſpere donner plus d'étendue.

www.ingramcontent.com/pod-product-compliance
Ingram Content Group UK Ltd.
Pitfield, Milton Keynes, MK11 3LW, UK
UKHW021027180726
13838UKWH00004B/1641

9 782329 446493